Tudur Budr

TŶ BACH!

I Chris Newton a Heather Collins o
Ymddiriedolaeth Lyfrau'r Alban – diolch am
ofalu amdana i cystal ~ D R
I Megan a Bethany gyda chariad ~ A M

Cyhoeddwyd yn 2010 gan Stripes Publishing,
argraffnod Magi Publications, 1 The Coda Centre,
189 Munster Road, Llundain SW6 6AW

Teitl gwreiddiol: *Dirty Bertie – Loo!*

Cyhoeddwyd yn Gymraeg yn 2011 gan
Wasg Gomer, Llandysul, Ceredigion SA44 4JL
www.gomer.co.uk

ISBN 978 1 84851 248 1

Dymuna'r cyhoeddwyr gydnabod cymorth
Adrannau Cyngor Llyfrau Cymru.

Argraffwyd a rhwymwyd yng Nghymru gan
Wasg Gomer, Llandysul, Ceredigion SA44 4JL

Tudur Budr

Budr

T'Ŷ BACH!

DAVID ROBERTS · ALAN MACDONALD
Addasiad Gwenno Mair Davies

Gomer

Casglwch lyfrau
Tudur Budr i gyd!

Mwydod!
Chwain!
Pants!
Torri Gwynt!
Ych a fi!
Cracyrs!
Smwt!
Mwd!
Tŷ Bach!
Fy Llyfr Stwnsh

Cynnwys

PENNOD 1

'DIM RHEDEG!' rhuodd Miss Jones, gan gydio ym mraich Tudur wrth iddo ruthro heibio. 'Dwi'n siarad hefo ti, Tudur. Dos ar y bws yn araf ac yn dawel.'

Aeth y dosbarth cyfan ar y bws yn un rhes, a Mr Gwanllyd yn eu cyfrif wrth iddyn nhw ddringo'r grisiau. Gwthiodd Tudur, Darren ac Eifion heibio, er mwyn cyrraedd y seddi

Tudur Budr

cefn. Rasiodd Tudur i gefn y bws cyn stopio'n sydyn. Roedd Dyfan-Gwybod-y-Cyfan a'i ffrind eiddil, Trefor, wedi cyrraedd yno o'i flaen.

'Sori, Tudur,' crechwenodd Dyfan. 'Does dim lle!'

'Na, dim lle!' gwenodd Trefor.

'Ond *ni* sy'n eistedd yn y seddi yma!' meddai Tudur.

Daeth Mr Gwanllyd tuag atyn nhw'n edrych yn ofidus. Hwn oedd yr athro ifanc, nerfus a gafodd ei gloi mewn stordy gan Tudur un tro.

'Dewch rŵan, fechgyn,' ochneidiodd. 'Eisteddwch. Rydyn ni'n barod i fynd.'

'Ond, syr, maen nhw'n eistedd yn ein seddi ni!' cwynodd Tudur.

'Fe gawson nhw eistedd yn y seddi cefn ar y ffordd yma,' meddai Darren.

'Hen dro! Y cyntaf i'r felin gaiff falu,' meddai Dyfan, yn hunanfodlon.

Tudur Budr

'Beth am i chi rannu?' awgrymodd Mr Gwanllyd. Gallai weld Miss Jones yn rhythu arnyn nhw'n flin.

Tudur Budr

Pwyntiodd Tudur at sedd wag yn y blaen.

'Hei, Dyfan, ai dy arian di sydd yn fan'cw?'

'Ble?'

'Fan'cw – o dan y sedd!'

Cododd Dyfan i gael gwell golwg.

'Ble ...?'

WWWWSH!

Roedd Tudur a'i ffrindiau wedi hyrddio heibio iddo ac wedi taflu eu hunain ar y sedd gefn, gan wthio Trefor o'r ffordd.

'Sori! Y cyntaf i'r felin!' gwenodd Tudur.

'Syr!' cwynodd Dyfan. 'Maen nhw wedi dwyn ein seddi ni! Dydi hyn ddim yn deg!'

'DYFAN!' Crynodd ffenestri'r bws dan gryfder bloedd Miss Jones. 'EISTEDDA I LAWR, Y FUNUD HON!'

Suddodd Dyfan i'w sedd â'i ben yn ei blu. Dechreuodd y bws ar ei daith.

Syllodd Tudur drwy'r ffenest.

Tudur Budr

Roedd y diwrnod wedi bod yn un siom fawr.
Roedd teithiau ysgol i fod yn hwyl, ond roedd
Miss Jones wastad yn dewis mynd â nhw i
rywle 'addysgiadol'. Pam na fedren nhw fynd i
rywle diddorol – fel ffatri siocled neu ganolfan
ofod? 'Trip' i Miss Jones oedd llusgo pawb i
amgueddfa wisgoedd gannoedd o filltiroedd i
ffwrdd yn Nhrelipa. Roedd Tudur wedi treulio
oriau yn rhythu ar ddoliau mawr yn gwisgo
peisiau a nicers ffriliog. Yn waeth fyth, doedd
siop yr amgueddfa ddim hyd yn oed yn
gwerthu fferins!
Yr unig beth brynodd o
oedd pren mesur di-werth
gyda'r geiriau 'ANRHEG
O'R AMGUEDDFA
WISGOEDD!' arno.
Estynnodd Tudur y pren mesur o'i fag ac
edrych arno. Hmmm, efallai y byddai yna
ddefnydd iddo wedi'r cwbl?

11

Tudur Budr

Roedd cefn pen Dyfan i'w weld uwchben y sedd o'i flaen. Dechreuodd Tudur ei oglais â'i bren mesur. Crafodd Dyfan ei ben.

PWT! PWT! Daliodd Tudur ati. Trodd Dyfan i'w wynebu.

'Ai ti sydd wrthi?'

'Yn gwneud beth?' meddai Tudur, yn ddiniwed.

'Fe ddyweda i wrth Miss Jones,' rhybuddiodd Dyfan, gan droi yn ei ôl. Plygodd Tudur y pren mesur, gan anelu'n ofalus.

Tudur Budr

CLEC!

'AWW!' udodd Dyfan, gan afael yn ei ben. 'Miss! Mae Tudur wedi fy nharo i!'

Trodd Miss Jones i edrych arnyn nhw. 'TUDUR! YDI HYN YN WIR?'

'Na, Miss,' meddai Tudur. Wedi'r cyfan, nid y fo oedd wedi cyffwrdd yn Dyfan, ond y pren mesur.

Dechreuodd Dyfan bendroni. Roedd yna daith hir o'u blaenau. Roedd o'n benderfynol o dalu'r pwyth yn ôl am hyn.

PENNOD 2

Llusgodd y bws yn ei flaen yn araf, gan
ymlwybro drwy'r traffig. Teimlai Tudur fel
petaen nhw wedi bod arno am wythnos.
Roedd o wedi yfed y diferyn olaf o lemonêd
tra oedd Darren ac Eifion yn prysur dynnu
lluniau o Miss Jones ar y ffenest. O'r diwedd
trodd y bws oddi ar y draffordd i'r
Gwasanaethau gerllaw.

14

Tudur Budr

'Rydyn ni am aros fan hyn am chwarter awr!' gwaeddodd Miss Jones. 'Rhaid i chi ddilyn Mr Gwanllyd a minnau. Ac fe fyddwch chi *i gyd* yn mynd i'r tŷ bach!'

Heidiodd y plant i mewn i'r Gwasanaethau gyda Miss Jones yn arwain y ffordd. Fe gawson nhw eu rhannu'n ddau grŵp, gyda Mr Gwanllyd yn mynd â'r bechgyn i dai bach y dynion. Ond pan gyrhaeddon nhw roedd yna arwydd mawr ar y drws:

> ## AR GAU. YN GLANHAU

'O diar! Dyna anffodus!' griddfanodd Mr Gwanllyd. 'Beth am i ni fynd i'r caffi, a gweld a yw'r tai bach yno ar agor. Dilynwch fi, fechgyn.'

Roedd Tudur wedi cael llond bol ar ddilyn Mr Gwanllyd. A beth bynnag, doedd o ddim hyd yn oed eisiau mynd i'r tŷ bach. Ac roedd yna gêmau arcêd yn y cyntedd.

'Hei, gwrandewch,' sibrydodd wrth Darren ac Eifion. 'Dewch i ni aros fan hyn!'

'Na!' meddai Eifion. 'Dwi eisiau mynd i'r tŷ bach!'

'A finnau,' cytunodd Darren.

'Iawn,' meddai Tudur. Oedodd ychydig wrth i'r gweddill dyrru i'r caffi.

Ddeng munud yn ddiweddarach, roedd o wedi saethu pymtheg llong ofod ac wedi cyrraedd lefel naw. Ond roedd o wedi dechrau gwingo yn ei sedd. Efallai fod eisiau mynd i'r tŷ bach arno wedi'r cyfan? Yn ffodus, roedd ganddo ychydig funudau i'w sbario. Brysiodd i'r caffi . . .

Naaa! Roedd y ciw ar gyfer y tŷ bach yn ymestyn am filltiroedd.

Edrychodd Tudur am Darren ac Eifion ond roedden nhw wedi bod ac wedi mynd. Gwelodd Dyfan-Gwybod-y-Cyfan yn agos at flaen y rhes. Fyddai o byth wedi dychmygu

Tudur Budr

gorfod gofyn i Dyfan am unrhyw beth fel
arfer, ond roedd hwn yn argyfwng.

'Hei, Dyfan,' meddai Tudur. 'Gad fi mewn,
dwi wirioneddol angen mynd i'r tŷ bach.'

'Mae 'na giw,' meddai Dyfan.

'Dwi'n gwybod hynny,' atebodd Tudur.
'Ond fedra i ddim aros. A bydd y bws yn
gadael unrhyw funud. Plîs!'

Cododd Dyfan ei aeliau. 'Ooo, Tudur,
druan. Wyt ti bron â byrstio?'

'Ydw!'

'Fyddet ti'n hoffi mynd o 'mlaen i?'

'Ga i?'

'Dim ffiars o beryg,' meddai Dyfan. 'Dos i
gefn y rhes.'

Cerddodd Tudur yn benisel i ben pella'r
ciw gan lusgo'i draed. Drwy ffenest y caffi
gallai weld Mr Gwanllyd yn cyfri'r plant wrth
iddyn nhw fynd ar y bws. Symudai'r rhes
yn ei blaen fesul modfedd, yn arafach na

malwen. Daeth Dyfan o'r tŷ bach a rhuthro
heibio.

'Paid â gwlychu dy bants, Tudur!' gwawdiodd.

O'r diwedd cyrhaeddodd Tudur flaen y rhes.

SPLWWWSH! Gallai glywed y tŷ bach yn
fflysio. *Hwrê! Fy nhro i o'r diwedd!*

Ond, fel yr agorodd drws y tŷ bach,
gafaelodd rhywun ynddo gerfydd ei fraich a'i
lusgo o'r caffi.

Tudur Budr

'TUDUR! Brysia!' meddai Miss Jones yn gynddeiriog. 'MAE PAWB YN AROS AMDANAT TI!'

'Ond Miss, dwi eisiau . . .'

'Rydyn ni'n hwyr! 'Nôl ar y bws. Y FUNUD HON!'

Curodd cyd-ddisgyblion Tudur eu dwylo wrth i Miss Jones ei hebrwng, yn erbyn ei ewyllys, i fyny'r grisiau. Taniodd y gyrrwr yr injan a symudodd y bws yn ei flaen.

Trodd Darren at Tudur. 'Wyt ti'n iawn? Rwyt ti'n edrych braidd yn welw.'

'DWI EISIAU MYND I'R T ŶŶŶŶŶŶ BAAAAAACH!' llefodd Tudur.

PENNOD 3

Gwibiodd ceir a lorïau heibio. Ceisiodd Tudur eu cyfri nhw er mwyn tynnu ei sylw oddi ar bethau eraill.

'Tri deg, tri deg un, tri deg dau, tri deg pi . . .'

Doedd hyn ddim yn gweithio. Y cyfan oedd ar ei feddwl oedd y ffaith ei fod o eisiau mynd i'r tŷ bach. Faint o amser oedd yna eto tan y bydden nhw yn ôl yn yr ysgol? Doedd o ddim

Tudur Budr

a fyddai'n o'n gallu dal llawer hirach. Roedd ei
fol yn brifo. Roedd ei ddwylo'n chwyslyd.
Pam, o pam nad aeth o pan gafodd o'r cyfle?

Pwniodd Darren yn ei ochr.

'Darren, dwi eisiau mynd i'r tŷ bach!'

'Dwi'n gwybod, rwyt ti wedi dweud wrtha
i'n barod.'

'Ond dwi WIR eisiau mynd. Rŵan.'

'Fedri di ddim mynd rŵan! Does yna ddim
tŷ bach ar y bws!' meddai Darren.

'Dwi'n gwybod hynny!' griddfanodd Tudur.

'Beth wnei di felly?'

'Dyna beth dwi'n ei ofyn i ti!'

Trodd Eifion atyn nhw. 'Be sy?'

'Tudur sy eisiau wi,' atebodd Darren.

'Beth? Pi-pi?'

'Pasio dŵr.'

'Gwagu'r bledren.'

'CAEWCH EICH CEGAU!' griddfanodd
Tudur. 'Dydech chi ddim yn helpu!'

Tudur Budr

Gwenodd Darren ac Eifion. Roedden nhw'n dechrau mwynhau hyn.

'Wyt ti'n gwybod beth fydda i'n ei wneud pan fydda *i* eisiau mynd?' meddai Darren. 'Mi fydda i'n canu i mi fy hun.'

Ochneidiodd Tudur. 'Paid â siarad trwy dy het.'

'Na, wir! Mae'n gweithio, yn tydi, Eifion?'

'Ydi,' cytunodd Eifion. 'Mae o'n mynd â dy feddwl di oddi ar bethau. Tria fo, Tudur.'

Rowliodd Tudur ei lygaid. Er hynny, fe fyddai'n fodlon rhoi cynnig ar unrhyw beth os oedd yna obaith iddo stopio meddwl am yr hyn roedd o'n ceisio peidio meddwl amdano.

Tudur Budr

'Iawn. Beth gana i?' gofynnodd.

'Mae gen i syniad,' meddai Darren.

Sibrydodd rywbeth yng nghlust Eifion.

Dechreuodd y ddau forio canu:

'Mae'r gyrrwr eisiau pi-pi,

Mae'r gyrrwr eisiau pi-pi,

Mae'r gyrrwr—'

'TAWELWCH!' bloeddiodd Miss Jones, gan neidio ar ei thraed. 'PWY OEDD WRTHI?'

Cododd Dyfan-Gwybod-y-Cyfan ei law. 'Tudur, Miss.'

'Nid FI oedd wrthi!' llefodd Tudur. 'Wir.'

Tudur Budr

Gwgodd Miss Jones. 'Dwi'n dy wylio di, Tudur. Does dim llawer o amynedd gen i!' Eisteddodd yn ôl yn ei sedd.

Roedd Darren ac Eifion yn rowlio chwerthin. Gwgodd Tudur arnyn nhw.

'Sut fyddech chi'n hoffi bod bron â marw eisiau mynd i'r tŷ bach ac yn gorfod gwrando arna i'n gwneud hwyl am y peth?' cwynodd.

Cododd Darren ei ysgwyddau. 'Os ydi pethau mor ddrwg â hynny arnat ti, dos i ddweud wrth Miss Jones,' meddai.

'Sut wnaiff hynny helpu?'

'Does gen ti ddim i'w golli. Efallai y gwnaiff hi stopio'r bws.'

Roedd Tudur yn amau hynny'n gryf. Doedd Miss Jones ddim yn hoff o bobl yn tarfu ar ei heddwch ar deithiau bws. Doedd hi'n sicr ddim yn hoffi cael Tudur yn ei phoeni. Er hynny, roedd yn rhaid iddo wneud rhywbeth.

Tudur Budr

Cododd ar ei draed ac ymlwybro at flaen y bws.

'Ble ti'n mynd?' holodd Dyfan-Gwybod-y-Cyfan.

'Meindia dy fusnes,' meddai Tudur.

Roedd Miss Jones wrthi'n marcio pentwr o lyfrau â'i beiro goch.

Tagodd Tudur yn swnllyd. ''Sgusodwch fi, Miss, dwi, ym . . . eisiau mynd i'r tŷ bach.'

Cododd Miss Jones ei phen. 'BETH?'

'Dwi eisiau mynd i'r tŷ bach,' meddai Tudur. 'Yn ofnadwy.'

Snwffiodd Miss Jones. 'Eistedd i lawr.'

'Ond Miss, fedra i ddim aros . . .'

'Pam nad est ti yn y Gwasanaethau fel pawb arall?' brathodd Miss Jones. Syllodd yn ddig ar Mr Gwanllyd.

'O diar!' meddai yntau'n llywaeth. 'Ro'n i'n credu bod pawb wedi bod i'r tŷ bach.'

'Chefais i ddim amser!' cwynodd Tudur.

Tudur Budr

'Ro'n i ar fin mynd pan wnaethoch chi fy ngorfodi i ddod ar y bws.'

Ochneidiodd Miss Jones yn flinedig. 'Pam mai ti yw'r broblem bob tro, Tudur?'

Wnaeth Tudur ddim ateb. Roedd o'n neidio o un droed i'r llall fel petai'n gwneud dawns werin.

Caeodd Miss Jones ei llyfr yn glep. 'Wel, fedrwn ni wneud dim byd am y peth ar hyn o bryd. Rydyn ni ar y draffordd. Bydd yn rhaid i ti aros nes i ni gyrraedd yr ysgol.'

'Faint o amser sydd tan hynny?' cwynodd Tudur.

Edrychodd Miss Jones ar ei horiawr. 'Tuag awr.'

PENNOD 4

Plannodd Tudur ei draed yn y llawr. Safodd ar ei draed, ac yna eistedd eto. Gwingodd. Gwingodd ychydig mwy. Bownsiodd i fyny ac i lawr yn ei sedd.

'Oes rhaid i ti wneud hynna?' ochneidiodd Darren.

'Fedra i ddim peidio! Mae'n rhaaaid i mi fyyyynd!' llefodd Tudur.

Tudur Budr

Roedd hyn yn artaith. Yn boenus. A doedd
y glaw ddim yn helpu. Rhedai diferion mawr i
lawr y ffenest. Drip, drip, drip. Roedd o'n
teimlo fel petai ar fyrstio. Doedd ganddo
ddim gobaith dal tan y byddai'n cyrraedd
yr ysgol. Safodd ar ei draed a
cheisio cerdded, gan groesi ei
goesau, at flaen y bws.
Estynnodd Dyfan-
Gwybod-y-Cyfan
ei fraich allan i'w
rwystro.

'Pam na wnei di
eistedd yn llonydd?'
gofynnodd.

'Meindia dy fusnes!' meddai Tudur.

'Dwi'n gwybod!' meddai Dyfan, gan wenu.
'Rwyt TI eisiau mynd i'r tŷ bach!'

'Nac ydw i, wir,' atebodd Tudur, gan droi'n
binc.

Tudur Budr

'Wyt, mi wyt ti! MAE TUDUR EISIAU
MYND I'R TŶ BACH!' canodd Dyfan ar dop
ei lais.

Roedd pobl yn troi i fusnesu. Rhuthrodd
Tudur heibio i gyfeiriad Miss Jones.

'Ym, Miss?'

Ochneidiodd Miss Jones yn hir. 'Ti eto?
Beth rŵan?'

'Dwi bron â marw eisiau mynd i'r tŷ bach
o hyd.'

'Dwi wedi dweud
wrthyt ti unwaith
yn barod, bydd
yn rhaid i ti aros.'

'Fedra i ddiiiiiim!'
cwynodd Tudur,
yn croesi ei
goesau'n dynn.
'Gawn ni stopio
am funud?'

Tudur Budr

'Rydyn ni ar y draffordd!' protestiodd Miss Jones. 'Ble wyt ti'n awgrymu y dylen ni stopio?'

'Mewn Gwasanaethau!'

'Does dim rhai arall. Ac mae stopio ar y draffordd yn erbyn y gyfraith. Mi fydd yn rhaid i ti ddal.'

'Dwi ddim yn meddwl y galla i!' meddai Tudur â llais crynedig.

'Does gen ti ddim dewis.'

'Beth os na fedra i?'

Ochneidiodd Miss Jones eto. 'Dwi ddim yn gwybod. Gwna mewn potel neu rywbeth!'

Dychwelodd Tudur i'w sedd â golwg boenus arno. Ond roedd Miss Jones wedi dweud, ac os oedd athro yn dweud wrthych am wneud rhywbeth roedd yn rhaid i chi ei wneud, debyg iawn. A beth arall fedrai o ei wneud? Twriodd drwy ei fag a dod o hyd i'r botel lemonêd wag. Tynnodd y caead, codi ei ben i weld nad oedd neb yn ei wylio a llithro i'r gornel.

Yna, fe wnaeth Tudur y peth. Y peth a fyddai wedi achosi i'w rieni wrido mewn cywilydd ac i'w gyd-ddisgyblion ochneidio mewn dychryn. Cyn bo hir, ymddangosodd gwên fawr, lawn rhyddhad ar ei wyneb.

Edrychodd Darren i'w gyfeiriad. 'Ych a fi! Wnest ti ddim?'

'Beth?' holodd Eifion.

'Mae Tudur wedi pi-pi mewn potel!'

'WNEST TI DDIM!'

'Hei, byddwch yn dawel,' meddai Tudur. 'Welodd neb, naddo? A beth bynnag, Miss Jones ddwedodd wrtha i am wneud.'

Rhoddodd y caead yn ôl yn dynn.

Tudur Budr

Tynnodd Eifion ystumiau. 'Ych! Beth wnei di hefo fo?'

Doedd Tudur ddim wedi meddwl am hynny eto. Fedrai o ddim eistedd yno'n gafael mewn potel llawn pi-pi. Efallai y byddai rhywun yn sylwi! Agorodd sip ei fag a stwffio'r botel y tu mewn iddo. Gallai ei thaflu i'r bin ar y ffordd adref.

Am bedwar o'r gloch, daeth y bws i stop y tu allan i giatiau'r ysgol. Doedd Tudur erioed wedi bod mor falch o gyrraedd 'nôl yno. Rhoddodd y bag ar ei gefn ac ymuno â'r ciw i ddod oddi ar y bws. Gwthiodd Dyfan-Gwybod-y-Cyfan o yn ei gefn.

Tudur Budr

'Brysia, yr hen rech! Ro'n i'n meddwl dy
fod ti eisiau mynd i'r tŷ bach!'

'Mae yna giw, y twpsyn,' meddai Tudur.

Neidiodd i lawr y grisiau ac aros am Darren
ac Eifion ar y palmant. Wrth iddyn nhw adael,
dechreuodd llais trwynol alw arnyn nhw, 'Hei,
Tudur! Edrych beth sydd gen i!'

Trodd Tudur i weld.

Roedd Dyfan yn chwifio potel blastig lawn
uwch ei ben. O na! Edrychodd Tudur ym
mhoced cefn ei fag. AAAAA! Doedd hi
ddim yno!

'Dyma dy ddiod di, Tudur! Ha! Ha!'
chwarddodd Dyfan.

'O diar!' ebychodd Eifion. 'Ddylen ni
ddweud wrtho fo?'

Meddyliodd Tudur am y peth. 'Na, pam
difetha'r cyfan? Mae o'n siŵr o ddarganfod
drosto'i hun pan bydd syched arno!'

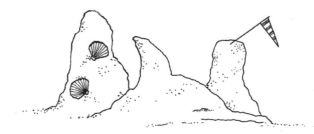

PALÙ!

PENNOD i

'Mam, ga i hufen iâ?' gofynnodd Tudur.

'Na – dim ond newydd fwyta dy ginio wyt ti!'

'Ond dwi'n dal yn llwglyd!'

'Dwyt ti ddim yn llwglyd, dim ond barus. Dos i wneud rhywbeth.'

Eisteddodd Tudur yn y tywod. Roedden nhw wedi bod ar wyliau yn Abergwlyptir ers

Tudur Budr

wythnos bron, ac roedd o wedi gwneud
popeth oedd i'w wneud yno. Roedd hi'n
iawn ar ei rieni – roedden nhw'n *hoffi*
gwneud dim byd. A gallai Siwsi orweddian yn
gwneud dim am oriau hefyd. Ond roedd
Tudur eisiau chwarae. Syllodd ar y traeth
gwyntog a'r awyr lwyd. Trueni nad oedd
Darren ac Eifion yno gydag o – gallai fod wedi
chwarae pêl-droed, neu fôr-ladron ... neu
efallai pêl-droed môr-ladron gyda nhw.

Cododd Mam ar ei thraed yn sydyn.
'Mawredd, ai teulu'r Cefnog ydi'r
rheina?'

Tudur Budr

Trodd Tudur i edrych. Roedd pâr yn cerdded tuag atyn nhw'n llwythog dan flancedi, bagiau a chadeiriau plygu. Y tu ôl iddyn nhw, ymlwybrai bachgen main a llywaeth â gwallt golau. Griddfanodd Tudur. *Nid Carwyn Cefnog! Beth mae o'n ei wneud yma?* Roedd Carwyn yn nosbarth Tudur, a doedd Tudur ddim yn gallu ei ddioddef. Fo oedd broliwr mwya'r ysgol. Beth bynnag oedd gan rywun, roedd gan Carwyn un mwy, un gwell ac un drutach o lawer.

Tudur Budr

'Wel, wel!' llefodd Mrs Cefnog, gan godi ei sbectol haul. 'Am fyd bach!'

'Ie wir,' meddai Mam. 'Wyddwn i ddim eich bod chi'n dod yma ar eich gwyliau.'

'Dyma'r tro cyntaf,' meddai Mrs Cefnog. 'Mae gan chwaer Gerallt dŷ ger y traeth, yn does, Gerallt?'

'Mae'n debycach i fila, a dweud y gwir,' atebodd Gerallt, gan ddylyfu gên. 'Beth amdanoch chi?'

'Wel, rydyn ni'n rhentu fflat fechan,' meddai Mam.

'Mae'n fflat reit fawr, a dweud y gwir,' cywirodd Dad.

'A dyma Tudur!' crawciodd Mrs Cefnog. 'Dyma wych, Carwyn! Bydd gen ti ffrind bach i chwarae efo ti!'

'Bendigedig,' smaliodd Carwyn, gan rythu ar Tudur.

'Hyfryd,' meddai Mam. 'Mae Tudur wedi

Tudur Budr

bod yn swnian ei fod yn gweld eisiau ei
ffrindiau. Beth am i chi'ch dau fynd i chwarae
yn rhywle efo'ch gilydd?'

Ochneidiodd Tudur. Chwarae efo Carwyn?
Byddai'n well ganddo ymladd ag octopws.

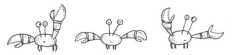

'Reit,' meddai Carwyn, 'beth wnawn ni?
Hoffet ti weld fy awyren i – un dwi'n gallu ei
rheoli o bell?'

'Dim diolch,' atebodd Tudur.
'Dwi'n brysur.'

Cododd ei raw a dal ati i balu'r
twll yr oedd wedi'i ddechrau'n
gynharach.

'Mae'r twll yna'n
anobeithiol!'
snwffiodd Carwyn.
'Pam na wnei
di o'n fwy?'

Tudur Budr

'Dwi *yn* ei wneud o'n fwy,' gwgodd Tudur.

'Mae dy raw di'n rhy fach. Pam na wnei di brynu un well?'

Parhau i rawio'r tywod a wnaeth Tudur. Byddai wrth ei fodd yn cael claddu Carwyn hyd at ei wddf.

'Dwi'n cael bwced a rhaw newydd sbon ar gyfer y gystadleuaeth,' broliodd Carwyn.

Peidiodd Tudur â phalu. 'Pa gystadleuaeth?'

'Cystadleuaeth y cestyll tywod, y ffŵl. Doeddet ti ddim wedi clywed amdani? Mae yna wobr i'w chael.'

Goleuodd wyneb Tudur. Cystadleuaeth gastell tywod? Gyda gwobr? Pam nad oedd neb wedi sôn am hyn yn gynt? Roedd o'n wych am godi cestyll tywod, yn ei farn o.

'Pryd mae'r gystadleuaeth?' gofynnodd.

'Yfory,' meddai Carwyn. 'Efallai y dylet ti gofrestru fel y gelli di fy ngwylio i'n ennill. Dwi eisoes yn gwybod beth ydw i am ei wneud ac mi fydd o'n *llawer* gwell na dy un di.'

   'Ti eisiau bet?' meddai Tudur.

   'Iawn.' Ysgydwodd y ddau eu dwylo.

   'Wela i di yfory felly!' meddai Carwyn, a cherdded oddi yno'n ffroenuchel.

   Edrychodd Tudur arno'n mynd. Roedd o am ddangos i'r pen bach sut oedd gwneud castell tywod. Yfory, fe fyddai pawb yn gweld pwy fyddai'r pencampwr!

PENNOD 2

Y noson honno, roedd teulu Tudur yn bwyta'u swper yn y fflat. Roedd Chwiffiwr yn sefyllian wrth gadair Tudur yn y gobaith y byddai'n gollwng ychydig o sglodion ar y carped.

'Dad,' meddai Tudur. 'Ga i gofrestru ar gyfer y gystadleuaeth cestyll tywod? Mae yna un ar y traeth yfory. Mae Carwyn yn meddwl mai o fydd yn ennill.'

Tudur Budr

'Hy! Ydi, debyg!' meddai Dad. 'Fe gawn ni weld am hynny.'

'Mae ei dad o'n prynu bwced a rhaw newydd sbon iddo fo,' eglurodd Tudur.

'Pam nad ydi hynny'n fy synnu i?' meddai Dad. 'Fe brynwn ni rai newydd i ti yn y bore.'

'Dydi hynny ddim yn deg!' cwynodd Siwsi. 'Beth amdana i?'

Rowliodd Mam ei llygaid. 'Pam eich bod chi'n cymryd hyn gymaint o ddifrif? Dim ond cystadleuaeth codi castell tywod ydi hi! Ychydig o hwyl ydi'r cyfan i fod. Beth ydi'r ots pwy sy'n ennill?'

'Wrth gwrs bod ots!' meddai Dad. 'Dydw i ddim am adael i fab Gerallt Cefnog ennill.'

'Pam lai?'

'Am ei fod o'n hen froliwr drewllyd,' atebodd Tudur.

'Yn union,' cytunodd Dad. 'A beth bynnag,

Tudur Budr

rydyn ni'n siŵr o ennill. Ond bydd yn rhaid i ni feddwl am rywbeth gwreiddiol.'

'NI?' meddai Tudur.

'Ia, ti a fi. Gallwn ni weithio fel tîm.'

Roedd Tudur yn gegagored. 'Ond cystadleuaeth i blant ydi hi!'

'Paid â phoeni,' meddai Dad. 'Wna i ddim ymyrryd o gwbl, dim ond sefyll yno efo ti i gynnig ambell air o gyngor.'

Roedd Tudur wedi clywed hyn o'r blaen. Pan fyddai ei dad yn cynnig gair o gyngor fel arfer, cyn pen dim byddai wedi cymryd yr awenau'n gyfan gwbl. Fel yr adeg honno pan helpiodd o Tudur gyda'i brosiect hanes, gan aros ar ei draed tan berfeddion nos yn adeiladu pyramid o botiau iogwrt. Byddai fod yr unig fachgen yn y gystadleuaeth oedd wedi dod â'i dad efo fo'n gymaint o embaras!

Mwythodd Dad ei ên. 'Beth i'w wneud ydi'r cwestiwn? Bydd yn rhaid iddo fod yn

Tudur Budr

rhywbeth a fydd yn hoelio sylw. Beth am adeiladu'r Senedd?'

'Na!' meddai Tudur.

'Neu'r Tŵr Eiffel?'

'Na!'

'Neu faes awyrennau efo awyrennau a llain glanio a thŵr rheoli ...'

'NA, NA!' cwynodd Tudur. 'Dad, fe fyddai'n well gen i wneud hyn ar fy mhen fy hun. Plîs.'

Tudur Budr

Rhoddodd Mam ei llaw ar fraich Dad. 'Efallai fod Tudur yn iawn. Tyrd di i siopa efo Siwsi a fi.'

'Iawn!' ochneidiodd Dad. 'Dim ond trio dy helpu di i ennill oeddwn i, dyna'r cyfan.'

'Y cystadlu sy'n bwysig,' meddai Mam. 'Nid yr ennill.'

Ddywedodd Tudur ddim byd. Gallai unrhyw un gymryd rhan. Roedd o eisiau *ennill.* Ond os oedd o am guro Carwyn byddai'n rhaid iddo gael syniad da. Byddai pawb yn gwneud cestyll bach tila; byddai'n rhaid i'w ymgais o fod yn hollol wahanol. Rhywbeth na fyddai unrhyw un arall wedi meddwl amdano. Edrychodd o'i gwmpas am ysbrydoliaeth. Roedd Chwiffiwr yn dal i lygadu'r sglodion a'i dafod gwlyb yn hongian allan o'i geg. Bingo! Wrth gwrs! Yn hytrach na gwneud castell tywod, gallai wneud *ci tywod!* Byddai hynny'n wahanol, yn wreiddiol,

Tudur Budr

ac yn well na dim
gallai gael Chwiffiwr yno fel model iddo.
Cydiodd Tudur yn un o'r sglodion a'i sleifio
oddi ar ei blât a'i ollwng ar y carped. Y fo
fyddai'n derbyn y wobr, heb os nac oni bai!

PENNOD 3

Y bore canlynol cyrhaeddodd Tudur y traeth
gyda'i fwced a rhaw newydd sbon. Dilynai
Chwiffiwr yn dynn wrth ei sodlau. Roedd yn
ddiwrnod braf, gydag awel iach, ac ambell
gwmwl llwyd ar y gorwel. Roedd tyrfa fawr o
blant wedi dod i'r cystadleuaeth. Sylwodd
Tudur fod sawl un wedi dod â chregyn a

Tudur Budr

baneri a phethau amrywiol eraill i addurno'u cestyll tywod.

'Wyt ti'n siŵr nad wyt ti eisiau i ni aros?' holodd Dad.

'Na, mae'n iawn,' meddai Tudur. 'Fe wnaiff Chwiffiwr gadw cwmni i mi.'

'Gawn ni fynd i siopa rŵan?' cwynodd Siwsi.

Edrychodd Mam i'r awyr. 'Mae hi'n edrych braidd yn gymylog,' meddai. 'Byddai'n well i ti gymryd fy ymbarél i, rhag ofn. Fe fyddwn ni yn ein holau i glywed y feirniadaeth. Pob lwc, Tudur,' galwodd, wrth iddyn nhw gerdded oddi yno.

Gwthiodd Carwyn Cefnog ei ffordd drwy'r dyrfa. Roedd gan yntau, fel Tudur, fwced a rhaw newydd sbon, ond bod ei rai o'n ddigon mawr i gloddio'r holl ffordd i Awstralia.

'Helô, Tudur! Wyt ti wedi dod i 'ngwylio i'n ennill?' crechwenodd.

Tudur Budr

'Dos o 'ma,' meddai Tudur.

Ar hynny, ymddangosodd Mr Cefnog. Syllodd Tudur arno. Roedd o'n cario bwced a rhaw newydd hefyd.

'Aros funud,' meddai Tudur. 'Ydi dy dad am gystadlu hefyd?'

'O ydi, wnes i ddim dweud hynny wrthyt ti?' holodd Carwyn. 'Mae gan rieni hawl i helpu – mae'r rheolau'n dweud hynny. Ac yn ffodus i mi mae dad yn *wych* am adeiladu cestyll tywod.'

Tudur Budr

Edrychodd Tudur o'i gwmpas. Roedd hi'n edrych yn debyg bod pawb arall yno gyda'i fam, ei dad neu ei nain. Fo oedd yr unig un oedd yn cystadlu ar ei ben ei hun! Chwiliodd am ei dad, ond roedd o'n rhy hwyr – roedd o wedi hen fynd. Carwyn y bwbach dauwynebog! Roedd o wedi gwneud hyn yn fwriadol.

Roedd sgwaryn mawr o dywod wedi'i neilltuo ar gyfer y gystadleuaeth. Safodd dynes yn gwisgo siorts llac, anferthol ar focs i gyfarch pawb. Roedd ganddi chwiban ar raff am ei gwddf a chlipfwrdd yn ei llaw. Tybiai Tudur ei bod yn edrych fel chwaer hyll i Miss Jones.

'Mae gennych chi awr i adeiladu eich cestyll tywod,' bloeddiodd. 'Pan fydd yr amser yn dod i ben byddaf yn chwythu'r chwiban unwaith, fel hyn. PÎÎÎÎÎP! Bydd hynny'n golygu

Tudur Budr

bod angen i chi roi eich bwcedi a'ch rhawiau i lawr, ar unwaith. Byddaf yn crwydro o gwmpas gyda'r beirniaid eraill i arsylwi'ch gwaith. Unrhyw gwestiynau? Gwych. Pan fydda i'n chwibanu, fe gewch chi ddechrau!'

PÎÎÎÎÎP!

Dechreuodd pawb balu'n wyllt. Gwnaeth y rhieni linellau yn y tywod tra safai'r plant yn edrych yn ddryslyd. Roedd Carwyn a'i dad yn palu fel tyrchod daear ac eisoes wedi creu mynydd o dywod. Roedd Tudur, ar y llaw arall, yn ceisio cael Chwiffiwr i aros yn llonydd.

Tudur Budr

'Gorwedd! Chwiffiwr, gorwedd!' gorchmynnodd. Ond roedd Chwiffiwr wedi cyffroi gormod i orwedd. Roedd o wrth ei fodd yn palu.

'GORWEDD!' bloeddiodd Tudur.

Ymaflodd phen-ôl Chwiffiwr a llwyddo i'w gael i eistedd ac yna dechreuodd balu. Cyfarthodd Chwiffiwr yn hapus a llamu ato i'w helpu. Ciciodd gawod o dywod i bob cyfeiriad. Ochneidiodd Tudur. Doedd ganddo ddim llawer o obaith gallu defnyddio Chwiffiwr fel model! Byddai'n rhaid iddo ddefnyddio'i dychymyg.

Dechreuodd balu wrth i Chwiffiwr redeg yn ôl ac ymlaen, gan adael ôl pawennau dros ddwsinau o gestyll tywod. Smaliodd Tudur nad ei gi o oedd Chwiffiwr.

Tudur Budr

Deugain munud yn ddiweddarach, stopiodd
i sychu'r chwys oddi ar ei dalcen. Roedd
adeiladu castell tywod yn waith caled. Roedd
y cymylau duon yn dod yn nes atyn nhw.
Daeth y ddynes yn y siorts anferthol heibio.

'A!' meddai. 'Mae hwn yn . . . hmmm . . . wel,
beth ydi o?'

'Fy nghi i,' atebodd Tudur. Roedd hi'n
amlwg yn ddall yn ogystal â hyll.

'Ia wir? Nefoedd yr adar! Oes yna
rywbeth yn bod hefo fo?'

'Nag oes,' meddai Tudur, gan edrych o'i
amgylch am Chwiffiwr. Gallai ei weld ym
mhen draw'r traeth yn rhedeg ar ôl haid o
wylanod.

'Paid â phoeni, dal ati!' meddai'r Siorts
Anferthol. 'Dim ond pum munud ar ôl.'

Tudur Budr

Brasgamodd yn ei blaen, gan edrych ar ei horiawr ac edrych at yr awyr ddu.

Camodd Tudur tuag yn ôl i edmygu ei waith. Roedd yn rhaid iddo fo'i hun hyd yn oed gyfaddef nad oedd y cerflun yn edrych cystal ag yr oedd o wedi'i obeithio. Roedd ei gi tywod yn edrych yn debycach i ddyn eira'n toddi. Gorweddai un blob mawr lympiog ar flob lympiog mwy. Gallai'r blob uchaf fod yn ben ond roedd hi'n anodd dweud. Roedd y trwyn wedi'i wasgu, roedd un llygad wedi disgyn a'r pawennau'n sefyll allan fel dwy gacen fwd.

Tudur Budr

Edrychodd Tudur o'i amgylch i astudio'r cynigion eraill. Syllodd yn gegagored. Roedd rhai ohonyn nhw'n anhygoel! Roedd yna ddolffiniaid yn nofio mewn tonnau tywod, morfarch bychan, a chestyll tylwyth teg wedi'u gorchuddio â chregyn pinc. Nesaf at ei waith o, roedd yna fôr-forwyn â gwallt o wymon.

Tudur Budr

I goroni'r cyfan roedd cwch cyflym a edrychai'n union fel un go iawn, gyda bachgen llywaeth â chap morwr ar ei ben wrth y llyw. Carwyn Cefnog. Gwelodd Tudur yn edrych arno a chodi ei law.

Tudur Budr

Plygodd Tudur ei ben. Doedd ganddo ddim gobaith ennill. Byddai cwch Carwyn yn siŵr o guro campweithiau pawb arall. Ac fe fyddai'n rhaid iddo ddioddef gwrando arno'n brolio am y peth yn yr ysgol am y can mlynedd nesaf.

Erbyn hyn roedd torf o bobl wedi ymgasglu i wylio. Gwelodd Tudur ei rieni yn eu plith. Roedden nhw wedi achub Chwiffiwr, ac roedd Siwsi'n ceisio'i gorau glas i'w atal rhag dianc eto.

Roedd cymylau mawr duon yn gorchuddio'r haul wrth i'r Siorts Anferthol ddringo ar ei bocs a chwythu'i chwiban. PÎÎÎÎÎP!

'Amser ar ben!' bloeddiodd. 'Gollyngwch eich —'

Ond boddwyd ei geiriau wrth iddi ddechrau glawio'n drwm.

PENNOD 4

Sgrialodd pawb i bob cyfeiriad. Gollyngodd
y plant eu rhawiau a rhedeg am gysgod.
Rhedodd teulu Tudur hefyd, a chysgodi o dan
do Caffi'r Traeth.

'Ble mae Tudur?' gofynnodd Mam, yn sydyn.

Syllodd Dad arni. 'Roeddwn i'n meddwl ei
fod o hefo ni!'

Tudur Budr

Cododd Siwsi ei hysgwyddau. 'Peidiwch â gofyn i mi, roeddwn i'n dal Chwiffiwr ar dennyn, ond fe ddiflannodd o hefyd.'

Edrychon nhw drwy'r glaw. Roedd y traeth yn wag ac eithrio un ymbarél fawr, felen. Oddi tani gallant weld bachgen a chi yn eistedd wrth lwmp mawr di-siâp o dywod.

Tudur Budr

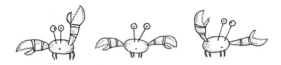

O'r diwedd, peidiodd y glaw ac ymlusgodd
pawb yn eu holau i weld beth oedd yn
weddill o'u cestyll tywod.

Edrychai'r traeth fel maes y gad. Twmpath
o wymon oedd y fôr-forwyn erbyn hyn, a
thomen damp o dywod oedd cwch Carwyn.
Gorweddai pentyrrau blêr o
dywod lle y bu'r dolffiniaid
a morfeirch.

Daeth y beirniaid
at ei gilydd am eiliad
ac yna dringodd Siorts Anferthol
yn ôl ar ei bocs.

'Mae arna i ofn bod yn rhaid i ni ohirio'r
gystadleuaeth,' meddai. 'Mae'r glaw wedi
difetha popeth. Does yma ddim byd yn
weddill er mwyn i ni ei feirniadu.'

Tudur Budr

'Oes, mae yna!' Trodd pawb i gyfeiriad y llais. Y bachgen â'r ci oedd yno.

'Edrychwch,' gwaeddodd Tudur. 'Mae fy un i'n iawn! Fe wnes i ei gadw'n sych!'

Rhythodd y beirniaid. Edrychai castell tywod Tudur fel bwystfil arallfydol o'r blaned Blob. Ond, hon oedd yr unig ymgais oedd yn weddill. Mwmiodd y beirniaid ymysg ei gilydd, ac yna trodd y Siorts Anferthol i wynebu'r dyrfa.

'Mae'n bleser gen i gyhoeddi bod gennym ni enillydd. Mae'r wobr gyntaf yn mynd i, ym ...'

Sibrydodd Tudur yn ei chlust.

'I Tudur am ei ... ym ... bortread *gwahanol* o gi. Da iawn!'

Tudur Budr

Camodd Tudur yn ei flaen i dderbyn ei
wobr. Bocs enfawr oedd o, a hwnnw'n llawn
cacennau, fferins, afalau taffi a phethau da eraill.
Wrth iddo'i gario tuag at ei rieni, cerddodd
heibio i fachgen bach llywaeth â wyneb coch
yn strancio yn y tywod. Cododd Tudur ei
law'n siriol ar Carwyn.

Dyna'r fuddugoliaeth orau erioed.

PENNOD i

Roedd Tudur wrthi'n gwylio'r teledu pan ddaeth Mam a Dad i'r stafell fyw.

'Newyddion ardderchog!' meddai Dad yn wên o glust i glust, ac wedi cyffroi'n lân.

'Rydyn ni am gael bochdew!' llefodd Tudur.

'Na, gwell na hynny, rydyn ni am symud tŷ!'

Bu bron i Tudur syrthio oddi ar y soffa.

'SYMUD?' ebychodd. 'Pryd?'

Tudur Budr

'Cyn gynted ag y byddwn ni wedi gwerthu ein tŷ ni,' meddai Dad. 'Bydd o'n mynd ar y farchnad yr wythnos nesaf. Cyffrous yntê?'

'Ond dydw i ddim eisiau symud,' meddai Tudur.

'Ble wnawn ni fyw?' gofynnodd Siwsi.

'Ym Maes-glas,' meddai Mam. 'Mae hi'n ardal dipyn brafiach ac rydyn ni wedi gweld y tŷ delfrydol yno'n barod!'

'Ond dydw i ddim eisiau symud!' cwynodd Tudur, gan godi ei lais.

Chymerodd Mam ddim sylw ohono. 'Mae ganddo ardd fawr braf, a pharc ar draws y ffordd. Ac aros nes i ti weld maint dy stafell wely di, Siwsi.'

'Grêt!' meddai Siwsi.

'OND DYDW I DDIM EISIAU SYMUD!' bloeddiodd Tudur, gan neidio i fyny ac i lawr.

Ochneidiodd Mam. Gwgodd Dad. 'Sut wyddost ti?' gofynnodd. 'Dwyt ti ddim hyd yn oed wedi gweld y tŷ eto.'

'Dwi'n hoffi ein tŷ *ni*,' meddai Tudur. 'Dyma lle mae fy llofft i a fy mhethau i i gyd.'

'Wel, mi fedri di fynd â dy stwff hefo ti,' atebodd Dad.

'A dwi'n siŵr y gwnei di gyfarfod llawer o ffrindiau newydd,' meddai Mam.

'I be?' gofynnodd Tudur. 'Mae gen i ddigon o ffrindiau'n barod.'

'Yn dy ysgol newydd roeddwn i'n ei feddwl.'

Ysgol newydd? Rhythodd Tudur. Oedden nhw i gyd wedi drysu? Roedd hyn yn hollol warthus! Trychinebus! Roedd o wedi bod yn ddisgybl yn Ysgol Gynradd Pen-cae ar hyd ei fywyd, bron â bod! Ei ysgol O oedd hi. Gallai gerdded yno o'i dŷ, a chyfarfod Darren ac Eifion ar y ffordd. Doedd o ddim eisiau mynd i ryw ysgol erchyll newydd lle byddai athrawon yn eich cosbi am anadlu'n rhy uchel yn y dosbarth.

'Wel, dwi'n meddwl y bydd o'n neis iawn,' meddai Siwsi.

'Na fydd, tad!' gwgodd Tudur. 'Mi fydd o'n ofnadwy.'

'Dwyt ti ddim ond yn dweud hynny am mai fi fydd hefo'r stafell wely fwyaf!' meddai Siwsi'n gras.

'Nac ydw!'

'Wyt.'

'Nac ydw!'

'Stopiwch ffraeo!' gwaeddodd Mam. 'Mae'n ddrwg gen i, Tudur, ond mae Dad a finnau wedi penderfynu ac felly mi fyddwn ni'n

symud. Dwi'n siŵr y byddi di wrth dy fodd
unwaith y byddi wedi setlo.'

Taflodd Tudur ei hun ar y soffa a chodi lefel
y sŵn ar y teledu. Doedd hyn ddim yn deg!
Doedd neb wedi gofyn iddo *fo* a oedd o
eisiau symud. Pam fod rhieni wastad mor
benderfynol o ddifetha ei fywyd? Wel, gallen
nhw symud os oedden nhw eisiau ond doedd
o ddim yn mynd i unman. Gallai gloi ei hun yn
ei stafell wely a pheidio dod allan. Byth.

. . . Heblaw am ffonio am pizza.

AR WERTH:

Tŷ mawr mewn
ardal boblogaidd.
Tair ystafell wely.
Gardd go fawr.
Brafiach na'r llun.

PENNOD 2

Aeth wythnos heibio, heb ddim mwy o
drafod y symud. Roedd Tudur yn gobeithio
bod Mam a Dad wedi anghofio popeth am
y syniad. Ond wrth gerdded adref o'r ysgol
gyda'i ffrindiau bnawn Gwener gwelodd
rywbeth yn ffenestr siop Symud Ymlaen,
y gwerthwyr tai.

'Fy nhŷ *i* ydi hwnna!' ebychodd Tudur.

'Waw!' meddai Darren. 'Mae'n edrych yn debyg bod dy fam a dy dad o ddifri.'

Gwthiodd Tudur ei drwyn yn erbyn y ffenest.

'Mae hyn yn ofnadwy!' meddai. 'Mae'n rhaid i ni eu stopio nhw!'

Cododd Darren ei ysgwyddau. 'Beth fedrwn ni ei wneud?'

'Efallai na wnaiff neb ei brynu o,' meddai Eifion, yn obeithiol.

Cerddodd y tri yn eu blaenau mewn tawelwch llethol. Fedrai Tudur ddim dychmygu byw yn unman heb ei ffrindiau. Petai ei deulu'n mynnu symud, fyddai ganddo *ddim un* ffrind, mwy na thebyg.

'Beth am i ti wneud iddyn nhw gasáu'r tŷ?' meddai Eifion.

Tudur Budr

'Pwy?'

'Y bobl sy'n bwriadu ei brynu o. Dyweda wrthyn nhw fod y tŷ'n disgyn yn ddarnau neu rywbeth.'

Ysgydwodd Tudur ei ben. 'Mi fyddan nhw'n gallu gweld nad ydi o'n disgyn yn ddarnau.'

'Ond mae Eifion yn iawn,' meddai Darren. 'Y cyfan sydd angen i ti ei wneud ydi newid eu barn nhw am y tŷ!'

'Sut?' holodd Tudur.

'Hawdd! Dyweda fod yna deulu o fampiriaid yn byw drws nesaf.'

'Dyweda fod yna gorff wedi cael ei gladdu yn yr ardd gefn!'

'Dyweda fod ganddo fo chwain!'

'Tŷ ydi o, nid ci!' meddai Tudur.

Wedi dweud hynny, efallai fod Eifion yn llygad ei le. Fedrai o ddim rhwystro ei rieni rhag gwerthu'r tŷ, ond efallai y gallai o rwystro

Tudur Budr

pobl rhag ei brynu o! Y cwbl oedd ei angen
oedd ambell syrpréis annisgwyl.

Yn ôl adref, estynnodd Tudur am ei
Nodiadur Cwbl Gyfrinachol a dechrau creu ei
gynllun gweithredu.

Roedd rhaid paratoi at ryfel.

Daeth dydd Llun. Roedd y bobl gyntaf i weld
y tŷ i fod i gyrraedd am bedwar o'r gloch ac
roedd Mam yn chwysu chwartiau.

'Tudur, wyt ti wedi glanhau dy stafell wely?'

'Ydw!'

'A chodi dy sanau oddi ar y llawr?'

'Ydw!'

'A thaflu canol yr afalau drwg yna?'

Tudur Budr

'Mwy neu lai!' gwaeddodd Tudur. Doedd
Tudur erioed wedi gweld ei dŷ yn edrych mor
lân a thaclus â hyn o'r blaen. Roedd Mam
wedi brwsio a sgwrio pob twll a chornel nes
bod y lle fel pin mewn papur.

DING DONG!

Roedd y gelyn ar fin ymosod. Brysiodd
Tudur i lawr y grisiau. Roedd y Cynllun
Cadw'r Tŷ ar waith.

'Rŵan cofia,' meddai Mam, 'rhaid i ti gadw
o'r golwg a pheidio â chyffwrdd unrhyw beth.
Beth sydd gen ti'n fan'na?'

'Ble?'

'Y tu ôl i dy gefn.'

Tudur Budr

Dangosodd Tudur y bocs yr oedd wedi ceisio'i guddio. 'Dim ond sbwriel. Roeddwn i am ei roi o yn y bin.'

'Wel, brysia,' meddai Mam, gan redeg i agor y drws.

'Mr a Mrs Mwsog? Dewch i mewn! Beth am i ni ddechrau yn y stafell fyw ...?'

I'r gad! Rhuthrodd Tudur i'r gegin a chau'r drws. Gosododd y bocs ar y llawr yn ofalus, codi'r caead a sbecian i mewn.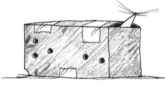

'Amser chwarae!' sibrydodd.

Roedd Mam wedi gorffen dangos y llawr gwaelod i'r teulu Mwsog. Y stafelloedd gwely oedd nesaf. Roedd hi'n gobeithio'n wir fod Tudur wedi tacluso'i lofft.

'A dyma stafell y mab ...' meddai, wrth agor y drws.

Cododd Tudur ei ben o'r llyfr yr oedd o'n cogio'i ddarllen. Roedd o braidd yn fyr o wynt.

'Tudur, dyma Mr a Mrs Mwsog,' meddai Mam.

'Neis eich cyfarfod chi,' gwenodd Tudur.

'Am fachgen bach cwrtais,' meddai Mrs Mwsog. 'Ac yn tydi o'n dda am gadw'i stafell mor daclus!'

'Ym . . . ydi,' meddai Mam, gan fwrw golwg digon amheus ar Tudur. Caeodd y drws.

Gwrandawodd Tudur yn astud wrth iddyn nhw fynd i lawr y grisiau. *Unrhyw eiliad rŵan*, meddyliodd.

'AAAHHHHHHHH!' sgrechiodd Mrs Mwsog wrth redeg o'r gegin. 'LLYGOD!' sgrechiodd eto. 'Mae gennych chi LYGOD!'

78

'Mae'n wirioneddol ddrwg gen i!' meddai
Mam. 'Does gen i ddim syniad sut y daethon
nhw i mewn! Plîs, arhoswch ... efallai yr
hoffech chi weld yr ardd?'

'Dim diolch!' meddai Mrs Mwsog yn
frysiog. 'Rydyn wedi gweld mwy na digon!'

Caeodd y drws yn glep. Bu saib hir ac
anghyfforddus.

'TUDUR!' bloeddiodd Mam. 'Dwi eisiau
gair efo ti – RŴAN!'

Sleifiodd Tudur i lawr y grisiau. Roedd Mam
yn aros amdano â golwg wyllt ar ei hwyneb.

'O'r gorau, o ble cefaist ti nhw?'

'Cael beth?' meddai Tudur.

'Y llygod. Fe redodd un ohonyn nhw i fyny
coes Mrs Mwsog!'

'Llygod?' meddai Tudur, gan geisio swnio fel
petai wedi'i synnu.

'Dwi ddim yn dwp, Tudur. Y gwir. *Ble* cefaist
ti nhw?'

Tudur Budr

Llyncodd Tudur ei boer. 'Wel ... ym ...
Efallai fy mod i wedi bod yn ofalu am rai o
lygod Eifion. Ond fe wnes i eu cadw nhw yn
eu bocs.'

Rhygnodd Mam ei dannedd. 'Gwranda di
arna i,' meddai. 'Rydyn ni'n gwerthu'r tŷ yma,
a dyna ddiwedd arni. Felly dwyt ti ddim i
ddod â llygod, pryfed cop, chwain, mwydod
nac unrhyw drychfilyn arall i mewn yma. Wyt
ti'n deall?'

'Ydw,' nodiodd Tudur ei ben. Stompiodd ei
draed yr holl ffordd i'w stafell wely a chau'r
drws. Roedd y Cynllun Cyntaf wedi gweithio
i'r dim, ond trueni am y pryfed cop gan mai
dyna oedd y cynllun nesaf ar ei restr.

PENNOD 3

Aeth wythnos heibio. Daeth ymwelwyr, ac aeth ymwelwyr. Gadawodd y rhan fwyaf ohonyn nhw'n eithaf cyflym gan fod Tudur yn fwy na pharod ar eu cyfer nhw. Gadawodd ddŵr yn llifo o dapiau, marciau mwdlyd ar waliau a lwmp o sebon mewn llefydd lle gallai pobl llithro arno. Roedd Mam yn prysur anobeithio. Roedd Dad wedi bygwth peidio rhoi arian poced iddo.

Tudur Budr

Ddydd Gwener, llenwodd Mam y peiriant golchi llestri a mopio'r llawr. Doedd neb wedi ei rhybuddio bod gwerthu tŷ'n waith caled a blinedig.

DING DONG! Roedd y teulu Pwyll wedi cyrraedd. Roedd Tudur yn brysur yn gwylio'r teledu.

'Tudur, diffodd y teledu!' gorchmynnodd Mam.

'Ond dwi'n gwylio'r cartŵn yma!'

'Fe gei di ei wylio fo wedyn. A phaid ag anghofio beth ddywedais i – dim mwy o driciau!'

Diflannodd Mam i agor y drws. Gallai Tudur glywed lleisiau yn y cyntedd a daeth bachgen bach i'r stafell, gyda'i fam yn ei ddilyn.

'Dyma Mrs Pwyll a dyma Siôn,' meddai Mam.

Tudur Budr

Sugnai Siôn ei fawd gan syllu ar Tudur.

'Beth am i ni ddechrau yn y stafell gefn,' awgrymodd Mam.

Arhosodd Tudur nes iddyn nhw fynd cyn dechrau ar ei dasg. Amser am Gynllun Cyfrwys Rhif Wyth.

Rhuthrodd i'r gegin a llenwi powlen Chwiffiwr â bwyd cŵn ac yna'i chario i fyny'r grisiau. Roedd Chwiffiwr yn hepian cysgu yn ei le arferol ar ben y grisiau. Pan aroglodd y bwyd, dechreuodd ddilyn Tudur yn frwdfrydig. Agorodd Tudur ddrws y cwpwrdd crasu.

Tudur Budr

'Ci da! I mewn â thi!' sibrydodd, gan osod y bowlen yn y cwpwrdd. Neidiodd Chwiffiwr i mewn a chaeodd Tudur y drws. Cam Dau nesaf. Estynnodd am ffôn symudol Siwsi a ffonio rhif y tŷ. Canodd y ffôn i lawr y grisiau. DRING DRING! DRING DRING! Dylai hynny gadw Mam yn brysur am ychydig.

Funud yn ddiweddarach sbeciodd Mrs Pwyll heibio i ddrws stafell wely Tudur.

'Ydi hi'n iawn i ni edrych o gwmpas?'

'Iawn,' meddai Tudur. 'Ydi hi wedi eich rhybuddio chi?'

'Mae'n ddrwg gen i?' holodd Mrs Pwyll.

'O, dim!' Trodd Tudur ei ben yn ôl i gyfeiriad ei lyfr.

'Fy rhybuddio i am beth?' mynnodd Mrs Pwyll.

'Y tŷ. Rydych chi'n gwybod bod yna ...' gostyngodd Tudur ei lais ...'*ysbrydion* yn byw yma?'

Tudur Budr

'YSBRYDION?' Trodd Mrs Pwyll yn welw. Sugnodd Siôn ei fawd. Pwysodd Tudur fotwm ar ffôn Siwsi er mwyn deialu'r rhif diwethaf eto.

'Mae'n iawn,' meddai Tudur. 'Fel arfer, dim ond yn y nos mae o'n ymweld â ni.'

'Pwy?'

'Yr ysbryd!'

'Brensiach annwyl!' ebychodd Mrs Pwyll.

'Fy nghi i ydi o,' esboniodd Tudur. 'Fe fuodd o farw llynedd, ond mae o'n dal i ddod 'nôl i'n gweld ni.'

'Druan â thi!' meddai Mrs Pwyll gan godi Siôn yn ei breichiau. 'Wyt ti wedi gweld yr ysbryd yma?'

Tudur Budr

'O ydw!' meddai Tudur. 'Ond ei glywed o
fyddwn ni gan amlaf. Mi fydd o'n crafu ac yn
udo, ac ati. Ond mae'n debyg y dowch chi i
arfer hefo hynny.'

Edrychai Mrs Pwyll yn bryderus. Doedd hi
ddim eisiau dod i arfer hefo'r peth.

'Shhh!' cododd Tudur ei law. 'Ydych chi'n
clywed beth glywa i?'

Gwrandawodd pawb.

CRAFU! CRAFU! CRAFU!

Roedd Chwiffiwr wedi gorffen ei fwyd ac
yn crafu yn erbyn drws y cwpwrdd.

'Fo sydd yna – yr ysbryd!' sibrydodd Tudur.
Gafaelodd Mrs Pwyll yn dynnach yn Siôn.

BANG! BANG!

'Oww ow owww!' cwynodd Chwiffiwr.

'Dyna'i diwedd hi!' ebychodd Mrs Pwyll.
'Rydyn ni'n mynd!'

Brysiodd i lawr y grisiau a dod wyneb yn
wyneb â Mam yn y cyntedd.

Tudur Budr

'Dydych chi ddim yn gadael yn barod?' holodd.

'Fedrwn ni ddim byw fan hyn!' meddai Mrs Pwyll. 'Ddim gyda'r ci ofnadwy yna!'

'O, Chwiffiwr ydych chi'n ei feddwl?' meddai Mam.

Edrychodd Mrs Pwyll arni'n hurt. 'Rydych chi wedi'i weld o hefyd?'

'Wel, wrth gwrs!' chwarddodd Mam. 'Rydw i'n ei weld o hyd. Mae o'n byw yma.'

Syllodd Mrs Pwyll arni mewn anghrediniaeth. 'Dydych chi ddim yn gall,' meddai, 'ddim yn gall!' ac i ffwrdd â hi drwy'r drws.

Gwelodd Mam Tudur yn edrych dros ganllaw'r grisiau. Gwgodd arno.

'A beth ddigwyddodd iddi hi?'

'Duw a ŵyr!' meddai Tudur. 'Dwi am ... ym ... fynd i weld a ydi Chwiffiwr yn iawn.'

PENNOD 4

Bore dydd Sul. Roedd Tudur wrthi'n gwneud rhywbeth i'w fwyta iddo'i hun. Roedd Dad yn danfon Siwsi i'w gwers ddawnsio. Roedd Mam wrthi'n twtio'r cyntedd pan faglodd dros esgidiau Tudur. Gosododd ychydig o rosod mewn fâs ar fwrdd y gegin.

'Blodau?' meddai Tudur.

Tudur Budr

'Fe wnaiff y rhain helpu i wneud i'r tŷ arogli'n neis. Mae gennyn ni bobl yn dod draw.'

'Ddim eto!' cwynodd Tudur.

DING DONG! Roedd Dafydd a Delyth Annwyl wedi cyrraedd.

Anadlodd Mam yn ddwfn. Doedd hi ddim yn siŵr a fyddai hi'n medru dioddef llawer mwy o hyn. Brysiodd at y drws.

'A Tudur,' meddai, 'dwi'n dy rybuddio di … BYDD AR DY ORAU!'

Ceisiodd Tudur feddwl yn gyflym. Hyd yn hyn, roedd Cynllun Cadw'r Tŷ wedi bod yn llwyddiannus iawn yn cadw'r gelyn draw. Ond roedd o'n prysur fynd yn brin o syniadau. Sut oedd am lwyddo i gael gwared â'r bobl yma? Syllodd ar y blodau ar y bwrdd. Wrth gwrs! Roedd pobl eisiau tai oedd yn arogli'n neis. Doedden nhw ddim eisiau tai oedd yn arogli'n ffiaidd! Y cyfan oedd ei angen arno oedd rhywbeth ofnadwy o ddrewllyd.

Tudur Budr

Rhywbeth mor ddrewllyd nes y byddai'n bosibl i'w arogli o bob stafell yn y tŷ. Edrychodd Tudur drwy'r ffenest. Roedd Chwiffiwr â'i drwyn yng nghanol y blodau. Aeth ar ei gwrcwd tu ôl i glawdd. Golygai hyn un peth yn unig . . . Roedd cynllun newydd yn prysur siapio ym meddwl Tudur. Na, allai o ddim. Feiddia fo ddim. Ar y llaw arall, roedd o mewn brwydr. Aeth i nôl y rhaw faw a rhuthro allan.

GWICH! GWICH!

Sleifiodd Tudur i fyny'r grisiau gan gario lwmp o faw ci'n ofalus ar y rhaw faw. Rŵan, ble fyddai orau i'w guddio? Ble fyddai'n drewi fwyaf? Y stafell ymolchi? Stafell wely ei fam a'i dad? Wrth gwrs – stafell Siwsi!

Tudur Budr

I lawr y grisiau gallai glywed y cwpwl Annwyl
yn sgwrsio yn y stafell fyw. Byddai'n rhaid
iddo weithio'n gyflym. Agorodd Tudur ddrws
stafell Siwsi a chamu i mewn. Gwelodd focs
gemwaith ei chwaer ar ben y silff lyfrau.
Fyddai neb yn meddwl edrych yn fan'no!

Funud yn ddiweddarach daeth yr Anwyliaid i
fyny'r grisiau.

'Dwi wrth fy modd hefo'r lle, cariad, wyt
ti?' byrlymodd Delyth. 'Mae yna ddigonedd o
le yma a ... o!' Crychodd ei thrwyn. 'Fedri di
arogli rhywbeth?'

Snwffiodd Dafydd. 'O ... Ych! Gallaf.'

'Mae o'n arogli fel ... wel ... ym ...' Trodd
Delyth at Mam. 'Oes gennych chi broblem
garthffosiaeth?'

'Na, dydw i ddim yn meddwl,' atebodd
Mam. Aroglodd hithau. *Roedd* yna arogl afiach.

Tudur Budr

'Gadewch i mi ddangos y brif stafell wely i chi,' meddai'n frysiog.

Ond roedd Dafydd yn cerdded i gyfeiriad stafell Siwsi. 'Dwi'n meddwl mai o'r fan yma mae'r arogl yn dod!' meddai, gan agor y drws.

Roedd yr arogl yn annioddefol. Camodd pawb yn eu holau gan binsio'u trwynau.

'YCH! Mae o'n drewi!' ebychodd Delyth.

'Mae o'n afiach!' cwynodd Dafydd. 'O ble mae o'n dod?'

'Dim syniad!' meddai Mam. 'Stafell wely'r ferch ydi hon. Fel arfer mae hi'n arogli o baent ewinedd!'

Edrychodd Mam o dan y gwely. Edrychodd Dafydd ar y silffoedd. Agorodd Delyth focs gemwaith Siwsi.

Y tu mewn iddo, roedd blobyn brown, erchyll.

'O! Ooooooo!' sgrechiodd Delyth.

'Tyrd, cariad, mae hi'n amser i ni fynd,' meddai Dafydd yn llawn ffieidd-dod.

CLEC! Caeodd y drws yn glep.

Arhosodd Tudur yn ei stafell yn disgwyl clywed ei fam yn galw arno. Distawrwydd. Sleifiodd ar flaenau ei draed i lawr y grisiau. Roedd Mam yn y gegin, yn siarad ar y ffôn.

'Iawn . . . dwi'n gweld . . . Wel, diolch am adael i ni wybod.'

'Pwy oedd ar y ffôn?' gofynnodd Tudur.

Tudur Budr

'Y gwerthwyr tai,' meddai Mam, yn siomedig. 'Mae'r tŷ roedden ni eisiau ei brynu wedi cael ei werthu.'

Goleuodd wyneb Tudur. 'Ydi hynny'n golygu nad ydyn ni'n symud?'

Ochneidiodd Mam yn ddwfn. 'O'r gorau. Dwi'n rhoi'r ffidl yn y to. Fedra i ddim cymryd mwy o hyn.'

Dawnsiodd Tudur o gwmpas y gegin. Roedd o wedi ennill! Roedden nhw am aros! Roedd o'n ysu am ddweud wrth ei ffrindiau!

Tudur Budr

Clepiodd y drws ffrynt ar gau. Roedd Siwsi yn ei hôl. Rhedodd i fyny'r grisiau i'w hystafell.

O na, meddyliodd Tudur. *Gobeithio nad ydi hi'n mynd i'w . . .*

'AAAAAAAAAA!'